구름위에
걸터
앉아

구름 위에 걸터앉아

초판인쇄 | 2022년 4월 15일
초판발행 | 2022년 4월 20일

지 은 이 | 최진국
펴 낸 이 | 배재경
펴 낸 곳 | 도서출판 작가마을
등 록 | 제 2002-000012호
주 소 | 부산시 중구 대청로 141번길 15-1 대륙빌딩 301호
서울시 도봉구 도당로 82(방학1동, 방학사진관 3층)
T. 051-248-4145, 2598 F. 051-248-0723 E. seepoet@hanmail.net

ISBN 979-11-5606-193-3 03810 정가 10,000원

구름위에 걸터앉아

최진국 시집

도서출판
작가마을

지난날 그렇게도 아쉬웠던 젊은 시절의 시간들이 이젠 여유로움으로 인해 나를 우울하게 합니다.

60대 후반을 향해 100미터 스프린터처럼 재빠르게 달려가는 세월이 요즈음에 와서야 왜 이다지 얄미운지 미처 헤아리지 못하였습니다.

세월 원망도 잠시 시인이자 명예교수로 계시는 형님께 안부를 전하던 차에 은근슬쩍 시 쓰기를 권유하시는 말씀에 기세등등한 세월의 氣를 꺾을 절호의 기회라 생각하여 시작하게 되었지만 그리 녹록하지 않았습니다.

더군다나 문학과는 전혀 관계가 없는 분야인 은행에 수십 년을 근무하고 퇴직하였으니 시를 써 시집을 낸다는 것은 상상하기 힘들었지요?

그럼에도 '시작이 반이다'라는 속담을 되새기면서 하루하루 긁적거리다보니 검증받지 못한 많은 분량의 습작들이 내 손아귀에서 맴돌고 있었습니다.

습작 중의 내용들은 대부분 생활 주변에서 일어나는 현상, 경험, 기억, 관습 등으로 쓰여진 짧은 시들이 주축을 이루고 있습니다. 그 이유로는 우선 독자들은 선뜻 시에 대한 접근을 두려워하는데 기인합니다. 비싼 수업료를 지불해야 이해할 수 있다는 문인들만의 특별한 세상이라고 믿고 있다는 것입니다.

즉 관념적인 사고 때문에 일반 독자들은 시 앞에서 선뜻 다가가지 못하고 주저한다는 것입니다. 쉽게 말하자면 시를 좋아하는 일반 독자들은 몇 권의 시집을 사서 읽기 시작하지만 작심삼일도 아닌 첫 페이지부터 난관에 부딪혀 읽던 책을 덮어 버리곤 합니다.

마치 수학 공식이 이해되지 않아 반복적인 노력이 필요하듯, 단어나 구절이 어려워 국어사전을 여러 번 헤집어 가며 이해하여야만 하는 것처럼 시 또한 전문서적이나 다름이 없다는 편협 된 인식을 가지고 있다는 것입니다.

어려운 단어는 물론 난해한 문장과 비약적인 비유까지, 또한 지나치게 수수께끼 같은 미로 속을 헤매는 가식적인 표현 등으로 시를 좋아하는 독자들에게 권유하거나 어필하기에는 역부족인 듯합니다.

아무런 이유 없이 주눅이 든 독자들의 기운을 북돋울 수 있는 책임이 오롯이 글쓴이에게 있다는 사실을 간과해서는 안 될 것입니다.

때문에 본 필자는 독자들이 읽기 쉽고, 느끼기 편하여 진정 마음에 와닿을 수 있는 유머러스하고 순수하게 코믹스런 작품 구상을 해 보았습니다.

특히 짧은 일명 콩트 시라고 할까요?

한 권의 책장이 멈추지 않고 마지막 장까지 쉬이 넘겨질 테니까요!

감사합니다.

2022년 봄

최 진 국 배상

차례

최진국 시집

구름 위에 걸터앉아

차례

최진국 시집

구름 위에 걸터앉아

차례

최진국 시집
구름 위에 걸터앉아

구_____름
위_____에
걸 터 앉 아

01

그리움 1

반송 날인 표시
선명하게 찍힌
눈물로 썼던 편지
되돌아 왔네요
자세히 보니
눈물이 아직까지 마르지 않았어요?
둘 곳 없는 내 마음의 그리움
눈물이 다 마를 때까지
반송된 편지 속에
함께 놔 둡니다

그리움 2

내게 이렇게 빨리
그리움이 찾아오리라곤
상상도 못했어요?
그리움이란 병 앓고부터는
아무것도 손에 잡히지 않고
늘 힘없이
멍하니 있습니다

그리움 3

수많은 세월 흘러도
활화산처럼 쉬지 않고
타오르는 그리움
진화 되지 않습니다
어디로 연락해야 하나요?
119로요,
아닌가요?

그리움 4

그대 있음으로 오늘이 있고
그대 있음으로 내일도 있는 줄
미처 알지 못했습니다
남겨진 그리움은 식지 않고
아직도 내 가슴 속에
분신처럼 안겨
타고 있습니다

그리움 5

지긋지긋했던 더위
서늘한 바람에 못 이겨
자리 내 준다
기회 엿보던 그리움
가슴팍에 몰래 들어와 살짝 붙는다
이제 그만
괴롭힐 때도 되었건만?

그리움 6

사랑에 빠졌더니
헤어날 길 없네
힘들게 겨우 헤어나고 보니
그리움이 내 앞에
웅크리며 기다리고 있네

그리움 7

열기 가득 찬 더위가
부쩍 성가시게 하더니
어느 듯 선선한 바람 타고
소리 소문 없이 몰래
착륙한 그리움 냄새
더 큰 아픔 되어
힘들게 하는구나!

그리움 8

첫사랑과 헤어진 순간
헤어짐의 아픔보다
분노의 불씨가
배필 얻어 낳은 첫아이
출가 시킬 때
서서히 밀려오는
애증이 분노를 밀어내고
참한 손주를 앉았을 때
추억의 그리움이
내 곁에 앉아
호위무사 되어준다

그리움 9

찬바람이 불면
온몸이 시린 것이 아니라
사그라들지 않았던 그리움이
텅 빈 가슴을
더욱 쓰라리게 하네

그리움 10

옆구리가 쏴 하는 느낌에
정신을 차려보니
가슴속의 그리움
얼굴 베시시
내밀고 있다

그리움 11

그대 마음 허락 없이
왜, 거길 갔을까?
하도 오래되어
첫사랑의 흔적
지워졌을까 불안하여
마지막으로
확인하고 싶어서?

그리움 12

이룰 수 없는 사랑이
낳은 그리움
많이 아프다
진솔한 사랑 맛을
느끼지 못하는 사람
그리움으로 울부짖는 나를 보며
부러운 눈으로 쳐다본다
부럽다고 말아줘요!
무척 힘드니까?

그리움 13

언제 어디서나
불쑥 찾아올 수 있는
기일이 정하여지지 않은
만기가 없는 정기예금이다

그리움 14

수년 동안 같이 살던 그리움
한마디 말도 없이
집을 무작정 나가 버렸다
수소문하여 찾았으나
결코 오지 않으려 울고 있다
당신의 포근한 가슴에 매달려
같이 지내다보니
자주 힘들어하는 당신 모습이
애처로워 갈 수 없단다

취하고 싶은 사랑

취하고 싶다
술이 아닌
아름다운 사랑에
취하고 싶습니다

갈고리로 건진 사랑

길바닥에 돌아다니는 잡동사니
갈고리로 걸어
메고 있는 등 뒤
망태기에 휙 던져 버린다
온갖 보물 쌓인다
갈고리로 사랑도 건졌다
넝마주이
사랑 이야기

기다려지는 밤

지난 밤 꿈속에서
그대 모습 보았어요
얇고 도톰한 하얀 입술
삐죽 내밀어 보이던데요?
아직도 눈에 아른거려
아무것도 할 수 없네요
대신 오늘밤엔 더 일찍 자려구요!
조금이라도 그댈 일찍 만나
그대의 얇고 하얀 입술
내 입에 확 닿을 수 있게

사랑의 정석

사랑을 쟁취한 사람
사랑의 승리자
사랑을 놓친 사람
사랑의 실패자
사랑을 속인 사람
사랑의 배신자
사랑으로 맺어 결혼한 사람이
이별 후 다른 배필 얻어
초혼이라 속이고 재혼한 사람은
사랑의 승리자인 동시에
사랑의 실패자이며
사랑의 배신자라고
말할 수 있을까요?

낙엽

그리움이 거리를 나선다
뒹굴고 있는 빛바랜 낙엽들
지근거리에 아직도 변하지 않는 색깔의
파란낙엽이 눈에 띈다
그대도 혼자였어?
언제 올지 모를 임 기다리며
끝까지 순정을 다하고 있구나!

그대 모습

사노라면 잊혀 질 날이 온다던데
수많은 세월이 흘렀건만
나에겐
지금까지 그런 날이 오지 않았다
그대 모습 점점 희미해지니
세월 묻은 모습도 사치일까
같은 하늘 아래에서만이라도
잘 살고 있다는 소문이라도
들어봤으면?

02

사랑 접착제

헤어지려고 하는 연인들
서두르세요!
강력한 사랑 접착제 팝니다
보증기간은
백년해로까지?

소유 금지

길가 옆 잘 꾸며진 화단
속삭이듯 늘어선
오색찬란한 꽃들
호객 아닌 웃음 머금고
손짓하고 있다
소유욕 금지 팻말이 눈길 끈다
보고만 즐기시고
가지시는 마시구요!

불완전한 인생

인생은 정답이 없다
정답에 가깝도록 노력할 뿐
인생은 만점이 없다
만점에 근접하도록 충실할 뿐
일정한 틀이 없어
정형화 될 수 없고 또한 변수 많아
메길 점수도 없다
결과보다 과정이 중요한 인생 여정

배낭에 담고 싶은

산에 가본다는 것
그동안 맡을 수 없었던 신선한 공기
배낭에 맘껏 담아 오고 싶은 마음이고
산에 자주 가고 싶은 것
흐르는 세월 잠시나마 붙잡아 놓고
세월이 추월하지 못하도록
건강한 장수세포를 배낭에 담아 오고 싶은
욕망내지는 욕심 때문입니다

생리 본능

택시에 앉자마자
속이 불편해진다
혹시 기사님은 운전하시다가
화장실은 어떻게 해결 하나요?
수줍게 얼굴 붉히며
다 아시면서
아무데나 서서요!
그럼 아무데나 좀 세워 주실래요?

무단 투기

누군가 아무렇지 않게
무단 투기한 쓰레기
치우느라 여념 없는 미화원
미화원 아저씨!
남의 시선 아랑곳 않고
자기 기분 내키는 대로
무단 투기한 인간쓰레기는
어디다 버리나요?

자문자답

지하철 타니 만석이라
비어있는 노약자석 용기 내어
난생 처음 앉아서 가봅니다
순간 뭇 사람들 레이저 시선
당황했지만 당당한 권리를 가진 난
누릴 수 있는 자격도 사치일까?
그래도 뭔가 개운치 않은 기분
그렇더라도 뭇 사람들이 아직까지
날 젊은이로 바라보는 것이
틀림없다고 스스로
긍정적인 답을 내리니
그나마 위안이 됩니다

기다려지는 하루

2층 옥상 방울토마토 다섯 그루
후덥지근한 날씨로
후식 겸 샤워시켜 주러 올라가면
동글동글 빨간 방울토마토
빨리 오라 손짓하며 나를 반긴다
오늘은 친구가 더 많이 생겼구나!
후식 드시러 오셨군요?
매일 너희들과 입을 맞추니
하루하루가 '일각이 여삼추라!'

다른 삶의 모습

사르르 깨물고 싶도록
사랑했던 그대
꿈처럼 싱그러운 모습
아련 거리네요!

유수 같은 세월
함께 살아온 당신
가슴 시린 고단한
현실적인 삶의 모습
보이네요!

혼자 울고 있는 사랑

한 눈에 반한 어여쁜 꽃
보기만 하고 소유하지 못하면
내 것 아닌 남의 것이라고 하던데?
그럼, 무작정 좋아하는 사람을
즐기기만 하고 소유하지 못하면
사랑이라고 할 수 없다는 건가요?
진정한 사랑이 뭔지 모르는
가엾고 우매한 사람들은
사랑에 대해 함부로 논하지 마세요!
무지렁이 사람들 때문에
사랑은 또 한 번 상처 받고
홀로 울고 있습니다

참을 수 없는 유혹

혹서기 여름은
아가씨들의 아름다움을
발산하는 인간 전시장
나시에 핫팬티로 무장한 그녀들
보지 않을 리야 보지 않을 수 없다
늘씬한 몸매에다 길쭉하고
허연 민 다리까지
자연스레 보이는 것을
억지로 참으려고 애를 쓸 필요는
전혀 없을 것 같다
그렇다고 빤히 넋 잃고 오래 쳐다보면
민망하고 곤란하다
잠깐이면 몰라도?
뭇 사내들은 여름만 되면 괴롭다

나른한 오후

한낮의 중년 부인
대청마루에 반쯤 걸터앉아
갓난아기 젖 물리며
쏟아지는 졸음과
아름다운 연애 한다

넓은 뒷간 밖의 암탉
대여섯 개 알 품고
따스한 햇볕 받으며
쏟아지는 졸음과
사투 벌인다

야속한 하루

하늘이 노랗고 땅이 솟구친다
많이 어지러워 아프긴 아픈가보다
그럼에도 하늘은 여전히 파랗다
지나가는 사람들 야속하게도 해맑다
어지러워도 쓰러지지 않고 서 있으니
지구는 정상으로 돌아가고 있다는 거네요
아프지만 살아 숨 쉬고는 있구나!

아름다운 봉사

더워도 너무 더운 삼복더위 여름날
부채가 여럿 달린 잎이 넙죽한
가로수 나뭇가지들
살며시 눈치 보며
지나가는 바람 강제 연행하여
땀 흠뻑 마신 이에게
섬섬옥수 부채질 하는구나!

처음 그 자리

만취해 방향 감각이 전혀 없다
이리 가다, 저리 가다
왔다 갔다 하다 보니
벌써 다섯 번째
처음 그 자리
그대로 남겨져 있다
지구 서너 바퀴 돌 뻔했다
어젯밤엔 아찔했다
네모난 낭떠러지에 떨어지지 않아
그마나 다행이었다
지구가 둥글긴 둥근가 보다

울고 있는 고드름

초가지붕 처마 끝
주렁주렁 하얀 속살 당신
눈부시게 웃고 있지만
언제 나타날 훼방꾼
해님 때문에 전전긍긍
불안한 마음으로 맘껏 놀지 못하고
허망하게 사라질까 울고 있네
때마침 임금 행차하듯
슬금슬금 나오는 해님
두려움에 떨면서
고개 숙여 울던 당신
삽시간에 눈물비로 변했구료?
눈물 비 흘린 땅바닥엔
슬픔의 가랑이골 생겨
눈물로 덮인 강물 되어
당신은 어디론가 하염없이 사라졌다

고마운 거울

당신이 없으면
내가 어떻게 생겼는지
도무지
알 수가 없지?

사계절 역

봄이란 역에서 인생 열차 타고
여름 역 향해 출발
여름 역 도착하자 3분의 2 가량 승객이 하차 하였다
가을 역 향해 출발
가을 역 도착하자 3분의 1 가량 승객이 하차하는 듯 보였다
곧 종착역인 겨울 역 향해 출발
겨울 역 도착하자 하차하는 승객이 있는 듯,
없는 듯 같아 보였지만?
단 한번 뿐인 인생 열차 여행이었다
그렇지만 인생 열차 안에 승객 몇 명쯤은
남아 있으리라고 기대해본다
남은 승객 여러분, 장수하세요!

얼굴이 화끈거려

아침 출근시간 엘리베이터
문이 막 닫히려한다
헐레벌떡 뛰어오는 아가씨
애원하듯 세워 달라 손짓 한다
같이 타고 가는 내내 아무런
말 한마디 없이
나만 멀뚱멀뚱 쳐다본다
얼굴을 놔 둘 데가 없었다

최후의 건강식 만찬

시커먼 꽁보리밥에
초가집 뒤 안 장독대
햇 노란 묵은 된장
두어 숟갈 뜨고
집 앞 텃밭 풋 고추
네댓 개 따고
대청마루 앞마당
우물가 두레박으로
한 사발 시원한 찬물 길러
접이식 밥상 차리면
레시피 걱정 없는
최후의 건강식 시골밥상

성악설

아이들은 어긋나고,
나쁜 행동들을
먼저 배우더라!
중국의 대학자인 순자가
주창한 성악설 때문일까?

구_____름
위_____에
걸 터 앉 아

03

어차피 가야할 길

어지간히 혼자서 다니려고 하지 않는 세월
온갖 아양 떨며 동무하자고
보채기까지 합니다
오늘 꼭 함께 가야할 곳이 있다 하네요?
지평선 넘어 찬찬히 넘어가길
싫어하는 석양처럼 나부대어 본다
인생의 영원한 안식처로 데려갈 것 같은
서글픈 느낌이 듭니다
아무리 절친하다 하더라도
오늘만은 당신의 간곡한 바램을
절대 들어주지 않을 테니
그냥 내버려 두시게나!
앞으로 나의 삶을 방해하는 날이 많아질 듯하다
인생에 있어서 유종의 미는 어떤 것인지
다시 한 번 생각해 보는 기회가 되었다

119 소방대

불꽃은 바람을 아주 좋아해서
바람과 함께 사라진 불꽃
애타게 찾고 있습니다
불꽃이 어느 곳에서 배회할지
두 눈 부릅뜨고 응시합니다

시원한 어퍼컷

실례가 되지 않는다면
당신 직업을 물어봐도 될까요
그럼, 살고 계시는 곳도요?
이것저것 물어봐서
얼떨결에 대답할 찰나
잘 참았다고 칭찬하시는 의사 선생님
아프다고 말할 틈이 없었다
보름동안 오른쪽 옆구리에
박아놓은 호스 줄을 제거했다고?
너무 아픈 나머지
실없이 웃음을 머금고 있는 의사 선생님을
한 대 오지게 때려주고 싶었다

깨어진 환상

모처럼 가족들 전부 한 자리
도란도란 둘러 앉아
이런저런 이야기에
맛있는 요리 밥상
함께 먹을 수 있겠다는 생각에
루 루 루!
저녁상 차릴 기미 전혀 없다
아내는 조금 전 군것질로,
스마트 폰만 계속 응시하던 딸은
다이어트 한다나?
오늘도 여느 때와 다름없는
혼 밥으로 대신한다
맛있는 저녁 먹기가
우리나라 소원인 통일보다
더 어렵구나!

허무한 권력이동

눈에 보이지 않은 세균 바이러스로
전 세계가 멈춰 있다
속수무책으로 당하는 인간 모습
너무나 초라할 뿐
누가 인간을 만물의 영장이라고 했나요?
세균 바이러스가 외친다
"나오지 마,
그렇지 않으면 죽어!"
인간들에게 최후통첩 한다
만물의 영장 자리를
눈에 보이지도 않는
작은 미물 세균 바이러스에게
넘겨줘야 할
운명적인 시간이 되었나 보다

눈치 강한 강아지

다리 위의 기차소리
크고 점점 가깝게 들린다
기차가 들어온다
다리 밑 강아지
숨죽은 듯 조용하다

다리 위의 기차소리
작고 점점 멀리서 들린다
기차가 멀어진다
다리 밑 강아지
목청껏 크게 짖어댄다

양심이란 무기

24시간 운영되는 무인점
강력한 양심의 무기로
더불어 살아갑니다

밟히는 새싹을 보고

겨우내 새싹들이
밖으로 나갈 기회 엿보는데
일꾼들 갓 태어난 보리 새싹
촘촘히 밟고 있다
새싹 잎 으스러지며 울고 있다
어처구니없는 행동을 하는
사람들을 그냥 둘 수 없지 않은가?
아버지에게 고 했더니 웃으시며
보리도 병충해 잘 견디도록
건강하라고 하는 거란다
추운 겨울 보리가 웃자라면
얼어 죽을 수 있으니
나오지 말고
잠시 숨어 있으라는 거야!
참, 희한한 일도 다 있네?
새싹 밟아 죽이는데도
대체 무슨 말인지
도무지 알 길 없다
어쨌든 두 분 다 얄밉다

화두話頭

불교에서의 '화두',
나는 누구인가?
모릅니다
그럼, 너는 누구인가?
저 역시 모릅니다
너도 나도 모르는데
누가 안단 말입니까?

* 화두(話頭): 깨달음을 얻기 위해 참선하여 진리를 구하는 앞서가는 말

구름 위에 걸터앉아

온 동네 고층 아파트
안개구름으로 단지 숲 이룬다
구름 위 걸터앉아
한 잔의 원두커피 내린다
의사인 양 하얀 가운 걸친 안개구름
빼꼼 열린 아파트 베란다 창문사이로
슬며시 X레이 투시하듯 들어와
내 앞에 안긴다
부웅 뜬 기분이 야릇하다
안개구름 숲으로 된 온 동네 아파트
아직도 깊은 잠에 취해 있다

무관심한 해무

잔잔한 해무 위
하얀 도포자락 신선 지나갔다
보이지 않는다
정녕 지나간 걸까,
아님 빠졌을까?
조금 전 같이 있었던 해무도
모른다고 합니다
등잔 밑이 어두운 걸까?

너무 짧은 만남

계절을 등겨 잃어버린
이름 모를 꽃이
사방사방 정답게 모여 있다
흰 눈이 소리 없이 내려
당신은 하얀 소복차림이 되었네요?
누가 상을 당한 것도 아닌데
하얀 눈부심 속 아름다운 자태
채 반나절도 되지 않아
소복차림 당신은 온데간데없고
속절없는 안타까움만 더합니다

허황된 꿈

저 멀리 산등성이엔
안개구름 북새통
사방천지 흩어져 있던
수많은 안개구름
누가 다 소환했을까?
대단한 집회가 있을 예정이라 하던데?
잠시 후, 도열하고 있는 수많은 안개구름 앞에서
신선 노인이 나타나 이르기를
전쟁터에서 여러 장수와 함께
무등 탄 개선장군이 되어
금의환향하는 멋진 모습이 그리워
꼭 재현해 보고 싶어 여러분들을 모셨다는
말이 채 끝나기도 무섭게
그 광경을 지켜보던 장난 끼 가득한 해님이
슬금슬금 얼굴을 내밀고 있었다
순간 당황한 신선 노인이 얼굴 붉히더니
수많은 안개구름 사이로 사라져
신선 노인의 흔적을 찾을 수가 없었다
한갓 허황된 꿈이 되고 말았다

사랑의 매

회초리로 날 나무랄 때
울 엄마는
눈물 흘리면서 때린다
옆에 있던 친구
우리 엄마는 화 버럭 내면서
마구 때리는데 이상하네?
멀찍이서 아이들
대화하는 광경 지켜보던
학년 꽤 높은
키 큰 아이가 정리해 준다
눈물 흘리면서 때린 엄마는
널 엄청 사랑하기 때문이고
화내면서 때린 엄마는
널 조금 사랑하기 때문이라고
그러나 둘 다 사랑한다는 건
같으니 상심 말거라!
그 말 들은 친구 아이
엄마에게 확인해야 한다며
씩씩거리며 쏜살같이
집으로 달려갔다

친구 엄마는 아이에게
무슨 말을 해주었을까?
몹시 궁금하다

똑같은 마음

어미와 병아리들
야외 산책 나간다
어미 꽁무니 바짝 따라
하나, 둘, 셋
아장아장 걸어간다
때마침 인솔교사 따라
야외수업을 위해
유치원 아이들
도란도란 걸어온다
병아리도, 유치원 아이들 원아복도
노란색 물감으로 입혀져
누가 병아리인지,
아이들인지 알 수 없네?

완벽한 준비를 위해

평균 아홉 달 동안
엄마 울타리 안
양수라는 신비한 물결 속에
유유자작 헤엄치며 놀던 꼬물이
마주하기를 몇 시간째 이러고 있다
나가는 걸 싫어하는 것일까
세상에 나오기 전
엄마, 아빠한테 예쁘게 보이기 위해
화장하고 있으니 조금만
기다려 달라는 뜻일까?

어려운 결정

경부선 통일호 열차 떠납니다
대구에 내리면 형님 댁
대전에 내리면 누님 댁
서울에 내리면 아우네 집
매표소에 홀어머니 노인네
몇 대의 통일호가 스쳐 지나갈 때까지
어느 자식에게 신세 질지
결정하지 못하고
여전히 서서 머뭇거립니다

눈

우물가 옆 멀리 떨어진 장독대
하얀 털 복숭이 흰 눈이
된장독, 간장독, 고추장 독에 수북이 앉아있네
매일 하루가 멀다 하고 여러 장들을
여러 종지에 조금씩 담아 가시던
오랜 벗인 할머니가 보이지 않는다
할머니 사망소식을 손주가 귀띔 해줘
알게 된 하얀 털 복숭이 흰 눈의
화장한 얼굴이
슬픔으로 눈물범벅 되는 바람에
누가 보면 누구세요? 할 것 같아
부끄럽고 민망하여 간다는 인사는커녕
도망가듯 서글피 사라졌다

무서운 소나기

세찬 소나기가 장대같이
때리듯 퍼 붓더니
드문드문 잡초가 난 시골길에
지렁이들이 삐죽삐죽 기어 나와
한바탕 실컷 놀고 갈 작정이다
반으로 잘린 지렁이까지 합세 한다
저런, 험한 격투기라도 했을까?
아니면 작대기 같은 요란한 소나기에
실컷 두들겨 맞아서 잘린 걸까?
아무도 본 사람 없다

또 한명의 가족

매일 새벽 아침 산책하고 난 후 식사
나른한 오후 되면
축 늘어져 꿈같은 오수도 즐긴다
가끔 아기처럼 응석도 부리고
밤이 되면 코까지 골면서 잔다
완전한 가족 일원이다
덤으로 죽으면 화장해서 강아지 전용
납골당에 안치될 예정이고 보면
이쯤 되면 '개 팔자 상팔자' 아닌가요?
벼룩도 낯짝이 있나 보네요
가족들이 집에 들어오면
제일 먼저 뛰쳐나와
살랑살랑 꼬리 흔들면서 반갑게 맞이한다
하루의 피로가 확 풀린다
그래도 밥값은 확실히 하는
진정한 가족이다

공중부양

지금 아파트
몇 층에 사는 거죠?
75층예요
매일 매일 공중부양
하시는군요!

04

성숙한 사랑

사랑은 아픔의 연속이다
아픔은 큰 사랑 먹고
치유 된다

큰 기쁨이 되어

헤어질 때 아쉬움
크면 클수록
재회할 때
더 큰 기쁨으로 돌아온다

간곡한 부탁

선거철만 되면
저승에서 조용히 자고 있는 나를
자꾸만 시끄럽게 깨우는지 모르겠다는
전직 대통령들의 하소연
제발 잠 좀 푹 자게
내버려 주세요!

싫은 나의 마음

큰 잘못을 저질렀다
나는 내 자신이 너무너무 싫다
너도 내가 싫지?
허나, 너무 괴로워하지 마십시요!

괜히 해본 말

무소식이 희소식이라?
실은 더 초조하고
불안하다는 것을
애써 위안 삼으려고
괜히 해본 말이다

사랑의 힘

사랑이란?
고작 두 글자의 위력
실로 대단함을 느낀다
사랑 주제로 한 노래, 영화, 시
드라마가 많은 것을 보니?

그대의 강렬한 눈빛

그대가 살고 있는 밤하늘의 별빛이
내가 살고 있는 밤하늘의 별빛보다
더 초롱초롱하고 빛나는 것은
그대 눈빛이
강렬했기 때문이지요?

사람 잡는 설마

설마 설마하다
이렇게 좋지 않은 일이
슬픔 두 배
설마 설마하다
이렇게 즐거운 일이
기쁨 두 배
설마가 사람 잡았네!

순정

흔들리는 갈대

순정이 있긴 있는 걸까?

무궁화 꽃

무궁화 꽃이 피었습니다
유명한 책 이름이지만
아이들의 신나는
놀이이기도 합니다

오늘은 인생 소풍

마지막 날
챙겨갈 준비물은 없습니다
지친 몸뚱이만
지참하고 오십시요!

무병장수

날 버리고 가신 님
발병은커녕
무병장수 하더라!

이기주의

슬픔은 나누어 가지면
그나마 위안이 되지만
좋은 일은 결코 나누어
가지려고 하지 않는다

골프

골프는 마약이다
오늘도 여성 골퍼들의 멋진 패션
뭇 남성들의 눈 호강을 위해
아니면, 나이스 샷이란
기분 좋은 소릴 듣고 싶어서?

연극 인생

인생은 연극이라던데
한 번도 주인공
못해 보았는데?

알밤

달콤한 알밤 먹길 원한다면
수많은 뾰족한 가시로 덮인
껍질을 두려워 마세요!
겉과 속이 너무 다르니까?

편견 없는 장미사랑

여성들을 위한 선물 꽃인 장미
가시 있는 줄 모르고
예쁘다고 한결같은 마음으로
오로지 바라보기만 한다
얼굴만 예쁘다면 흠이 있든 말든
너그럽게 용서되는 남성들의
일편단심 꽃 장미사랑

거꾸로 사는 인생

아파트 방바닥 누워
잠을 청하는 것
아랫집 천정에서
거꾸로 매달려 사는
박쥐같은 인생이다

유명한 사람

유명을 달리한 사람
유명有名해서 유명幽明을
달리한 걸까?

* 幽明(유명)은 어둠과 밝음 또는 이승과 저승

내 사랑 찾아주세요

나의 사랑
누가 훔쳐간 걸까
아니, 내 실수로 잃어버린
것인지도 모르지만
훔쳐 갔건, 잃어버렸건
사랑만 돌려주시면
후한 사례 하겠소!

짜릿한 기분

아빠, 또 스포츠 보는 거야?
결과만 알면 되지
힘들게 끝까지 볼게 뭐람
과정을 보면 희열을 느끼지만
결과만 보면
아무런 느낌 없는 거야
그게 바로 스포츠의 매력이라고!

허탈감

아주머니, 지갑이 땅에 떨어 졌네요!
어째서 내가 아줌마로 보이냐?
고맙다는 인사는커녕
힐긋 쳐다보며 성질부터 낸다
'똥 뀐 놈이 화 낸 격'이라
씁쓸하다

더불어 사는 사람 냄새

골방에 갇혀 어두운 생각,
삶의 의욕 상실한 사람
활기차고 생기가 넘쳐흐르는
전통 재래시장으로 가서
더불어 사는 사람 냄새를
맡아 보세요!

구_____름
위_____에
걸 터 앉 아

05

구름

천재 화가 하늘 구름
온갖 희한한 형상을 그린다
산들바람이 살짝 귓속말을 하면
순한 양떼구름 그려지고
성난 바람이 난폭하게 굴면
험상 궂은 괴물구름 그려진다

새싹이 날 때까지

여름 한 절기 입었던
형형색색 단풍 옷을 벗어
단풍나무 아래에 있는 옷장에다
가지런히 넣어둔다
폭신한 옷더미에다 벌렁 누워
속세 떠난 사람마냥
단풍나무 맨살에
새 옷이 입혀질 때까지
잠들고 싶다

불자동차

비상 싸이렌 소리가 요란하다
갈라지는 파도처럼
모든 자동차들
약속이나 한 듯
한마디 불평 없이
도로 가장자리로
비켜선다

어머니의 가슴

허전한 바람이
내 가슴에 서성일 때
아랫목 온돌방보다
더 그리운 것은
몰랑몰랑 감촉 최고인
두 쪽의 오목한 반달 젖가슴
보드랍고 따스한 가슴을 내어준
어머니의 사랑이 한없이 그립다

사랑

사랑의 시작은 그믐달
보이지 않았다
막 눈뜬 사랑은 초승달
보이기 시작 한다
설익은 사랑은 반달
통통하게 보인다
완전히 익은 사랑은 보름달
훤하게 보인다

자가용

수년 동안 당신 코 고는 소리는
나에게는 익숙하였지만
최근 며칠 동안 코 고는 소리가
평소보다 다름을 알았다
산을 처음 타는 사람처럼 쌕쌕거림에
힘이 부치는 소리
연식이 오래된 자가용을
너무 오래 탄 것이 아닐까라는 생각에
우스꽝스럽지만 미안한 마음이 든다
턱도 없는 소리지만,
그렇다고 새 차를 구입할 수도 없고
렌트해서 탈 수도 없지 않은가?
앞으로 관리를 잘해서 폐차할 때까지
사랑스런 마음으로 살살 타야 되겠다

자동차

컴컴한 먹구름이 도배를 하고
이윽고 소리치며 대지를
두들겨 패고 도망가는 소낙비
이윽고 눈부시게 파란 하늘이
연신 눈가를 비비네
그 시간에 화장한 자동차들이
한결 같이 반들반들한 모습으로
씽씽 달리고 있다
누가 내 차를 이렇게까지 깨끗하게
세차를 해 놓았을까?

볼 것 다 보는 여자

연인들이 성인 영화 관람 한다
야한 장면에서 염치없는 맥박이 띈다
여자는 남자 품에 내숭떨며 고갤 파묻더니
안 보는 척하며 빼꼼히 얼굴 내밀어
볼 것 다 보고 있다
다 아는 여자들 심리
남자들은 모를까봐?

개차반

식사 끝나고 가족들
TV 연속극 삼매경
흥분한 할아버지
아비 없는 호로 자식이라며
드라마 주인공에게 인신공격을 해댄다
옆에 있던 손주 녀석
호로 자식이 뭐예요?
개 같이 행동한다고 해서 아, 개―차―아―반?
순간 할아버지 당황하여
네가 어른이 되면 알 수 있다면서
급히 둘러 댄다

잘못된 자유

초등학교 파하고 집에 온 손주
대뜸 자기 엄마에게 나에게도
자유를 달라고 웅변하듯 외친다
어느 누구도 자기를 구속하지 않고
자기 마음대로 할 수 있는 것이 자유라면서
쓴 웃음을 지으며 옆에 있던 엄마
너 혼자 일어나 이불 개고, 세수하고
도시락 챙겨 가방에 넣어 학교 가면 되겠네
그게 자유야!
그만 손주 고개를 갸우뚱거리며
그게 아닌데?

새벽 공기

무더운 여름이 안녕하고 떠난 자리
새벽 공기가 선선하여 코끝이 상큼하다
단지 숨쉬기 위해서만이 아니라
공짜인 신선한 공기를 마음껏 요리하여 마시면
활기찬 건강식이 된다
우리들을 괴롭히는 미세먼지까지도
신선한 공기를 오염 시키려
호시탐탐 기회를 엿보고 있다
이렇게 값비싼 공짜 공기가
세상 어디 있을까?
먼저 서두르세요!

벌초

내 몸을 누가 씻겼냐고?
조상님께서 물어 보신다
벌초 대행업체에 맡겼다는
말을 할 수 없으니 난감하기 이를 데 없다
자손들은 말이 없다
하루만의 효도는 고사하고
영원한 불효가 되지 않을까?

울 엄마

그 시간에는 어머니가 계실 리 없지?
항상 그렇게 혼자였다
아버지를 지병으로 보내시고
청상과부로 살아 오신지도
반백년이 되었지요
부뚜막엔 풀떼기 반찬이지만
자식 밥 굶기지 않으려고 정성어린 밥상 차려놓고
오늘도 새벽 일찍 논밭에 일하시러 가셨다
하루 종일 일하시다 파김치가 되어
돌아오신 어머니에게
반찬이 이게 뭐냐고?
반말하며 큰소리로 훈계하듯
퍼부었던 일을 상기하면 식은땀이 줄줄
추억은, 무슨 추억?
가슴이 찢어질 듯 아파
부인이 맛있게 준비한 밥상을 받아도
어머니 생각에 차마 먹을 수가 없어
찢어지는 가슴을 눈물로서 용서를 구합니다
사랑합니다

코스모스

가을에 첫 출현한 잠자리가 신기한 듯
한가롭게 온 세상을 여행 한다
넌 좋겠다?
가고 싶은 대로 갈 수 있고 자유로운 몸이니
따라 가고 싶어도 가지 못하는 코스모스
부러운 눈으로 서운하게 바라본다
서운한 마음도 잠시
불어주는 산들바람과
신나게 춤을 추고 있다

남겨진 이글루 한 채

이슬 맺힌 신선한 뽕잎을
꼬물꼬물 뜯어 먹더니
보름이 채 안 되어 얼기설기
실을 토해 낸다
애벌레 누에는 간데없고
하얀 이글루 한 채가 생겼네
편히 쉬려고 만들었을까?
그 자리엔 덩그러니 누에고치만 남았다
인사도 없이 이별 고했구나!

구절초

가시덤불 사이
흰 구절초 한 그루
따가운 햇살에 하얀 피부가
까맣게 탈지언정
가지런히 웃고 있다
보다 못한 선선한 바람이
인기 척 하지만
가냘픈 고개만 이리 저리
일편단심 그 자리

난, 자린고비예요!

아이가 밖에 나가는 조차 위험하다며
품안의 자식처럼 꽉 껴안고 있다
물 흐르듯이 가야할 곳,
가지 말아야할 곳을
알아서 잘 처신하는 영리한 아이지만
아무 곳에도 가지 못하도록
부모의 하염없는 잔소리와
간섭으로 아이를
무작정 가두어 둔다면
자린고비라는 소리를
기꺼이 들을 준비가 된 사람이다

벼락치기 방학숙제

방학동안 실컷 놀다
개학 하루 전까지 미루어 놓은
초등학교 방학숙제 일기
벼락치기로 하루 만에 끝내기
엄마의 도움이 절실하다
엄마, 지난 15일, 25일, 30일은
날씨가 맑음, 비, 흐림 중
어떻게 되나요?
이 녀석아, 내가 어떻게 알아!

담쟁이 줄기

하루하루 어린아이 키 크듯
아장아장 기어오르려
몸부림치는 담쟁이 줄기 하나
힘이 부친 듯 낮은 포복 자세로
담벼락에 찰싹 달라붙어
긴 숨을 들이 킨다
떨어질까 두렵다
어디까지 가려고?

손녀

가끔 손녀를 보고 놀란다
한 두 번이 아닐 정도로
지 어미를 키울 때가 생각난다
한 편의 똑같은 파노라마 영화을 본다
하는 행동, 말씨, 표정들이
신기한 조물주의 위력으로
세대차 나는 똑같은 아이를 두 번 키운다
하도 닮아 딸, 손녀 이름도
바꿔 부르는 경우도 종종 있다
아이들 앞에 숭늉도
함부로 마시면 안 되는가?

눈치 없는 학생

누구의 눈치도 보지 않고
당당하게 담배를 피우고 있는 학생에게
학생, 넌 아비 어미도 없나?
고래고래 소리 지르며 다그치는 노인
예, 없어요!
둘 다 죽은 지 오래 됐어요!
학생이 퉁명스럽게 대답했다

구_____름
위_____에
걸 터 앉 아

06

우리들의 세상인 걸

새벽녘에 밖을 나가보니
사람 냄새는 자취 감추고
신선한 공기 냄새만 가득하다
온 세상이 나만의 것인 줄 알았다
몇 시간이 흘러 왁자지껄한 온 세상
나만의 것임도 아닌
남들의 것임도 될 수가 있는 거구나?

혼돈의 계절

한 여름에
무궁화 꽃
계절 잃고 어리둥절
시절이 하 수상해도
나라꽃, 겨레의 꽃 무궁화
불현 듯
애국가를 부르고 싶다

무심한 세월

호수거울 본다
아부지 있네
바다거울 본다
어무이 있네
거울 속 노인
하얀 서리 맞은 채 서 있다
대체 누굴까?

무서운 집념

우리 집에는 이상한 규칙 있다
혹한 겨울에도
'내 방에 난방 보일러 절대 켜지 말 것!
작은 딸 방문 앞에 걸려있는 글귀다
꽁꽁 숨겨둔 초콜릿이
녹아 버리기 때문이라네요?
분신인 초콜릿을 사수해야겠다는
우스꽝스런 집념에
어처구가 없어
말문이 막힙니다

호주머니

출근할 때
가족사랑 가득 담은
호주머니
퇴근할 때 비워지고
대신 직장 내
불평 가득 담아온다
밥 줘!

아픈 대물림

자식에게 욕먹으니
마음 너무 아파요
예전에 어머니도
당신 자식인 나에게
그런 일을 당했을 때
어떤 마음이었나요?

이심전심

영감 어딜 가요?
저어기!
잘 다녀와요
더 이상 묻지 않는다
대체 노인이 가는 곳은
어딜까?

기대 심리

동트기 전
가로수 사방에서
정신없이 재잘 거린다
오늘이 곗날인가?
한 동안 수다 중인 새무리 떼
은근히 좋은 소식 기다렸다
아무 탈 없이 하루가 지나갔다

깨어진 우정

강원도 동강 나룻터
친구와 래프팅 즐기다
작은 실수로 보트가 전복되고 말았다
전복된 책임 서로 서로 전가하다
이십 년 우정 단번에 동강나고 말았다
그 후 다시 우정을 이어 갔지만
예전 같지 않으니?

당연한 의무

여러 사람들에게 하루 종일
무참하게 밟혀도
왜, 그리 즐겁게 사는 거야?
잔디야, 말해주렴!
축구하며 뛰어노는 천진난만한 아이들이 예쁘고,
취미로 야구하는 사람들이 너무 좋아서!

오로지 너만을

하고 많은 인형들 중
손녀에게 간택 당하는 인형은
늘 똑 같은 두어 개
나머지 인형은
간택 당할 확률 거의 없으나
왕조시절 임금이 후궁을
불시에 간택하여
잠자리 할 경우 말고는 없단다
손녀의 유별난 놀이방식이
왕조 때 후궁 간택과
별반 다름없다는 걸
반추해 본다

인생은 살아내는 삶

인생은 누가 삶을
대신 살아주는 것이 아닌
자기 스스로 정진하며
힘든 세상을
지혜롭게 헤쳐 나가면서
참다운 삶을
살아 내는 것이다

착각한 하루살이

깊고 늦은 긴 여름 밤
집안 뜰 앞 평상에 누워
별 헤면서 밤하늘 보노라면
하루살이 제 집인 줄 알고
흥얼거리는 입속으로 직진
그대로 입안 터널에서
생을 마감 하네

윤회사상

생을 얻고
부르는 내 이름 석 자
호적에 남기고
생이란 삶을 살고
빈손으로 떠날 때
호적에 남겨진 이름 석 자
빨간 사선 그어 작별 고한다
'사망'이란 두 글자

앞서간 세월

점차 힘이 부치는 날이
많아지네 그려
늙었다기보다
세월이 나보다 빨리 가서?

시간이 약

세월이
아픔의 치유약이 될 수 없다
자신의 길을 시계추처럼
묵묵히 가는 세월을 두고
아픔으로 힘들었던 사람들이
자신을 위로하기 위해
그냥 하는 말이다

여름

시원한 바다가 그리운 계절에
몸을 던져보고 싶다
손짓하며 들어오라 하지만
아직도 가시지 않은
삿된 마음의 묵은 때가 있어
쉬이 가질 못한다

유혹의 손길

정치인은 마약 창고에
근무 한다
한번 맛을 본 정치인은
또 다시 마약창고에
있고 싶어 안달 한다

호박엿

부러진 쇠붙이 고물이란 고물은
다 들고 나오세요
달콤하고 쫄깃한 울릉도 호박엿이랑
바꿔 드세요! '딸랑 딸랑',
골목 엿장수가 노래하듯 목청껏 외친다
아이들 하나씩 고물을 들고 나와 바꿔 먹고는
계속되는 달콤한 호박엿 생각뿐
맛의 유혹을 포기할 수 없어 멀쩡한 부엌 칼,
성한 냄비까지 엿으로 바꿔 먹다
엄마한테 호되게 야단맞곤 했었지?
생각만 하여도 군침 도는 울릉도 호박엿

세월이 시킨 분장

허연 허벅지가 살짝 보인
치맛자락 나폴 거리며
사뿐히 다가오는 당신 모습
때묻지 않은 철부지 소녀였지요?
하 세월이 할머니로 분장시켰다지만
무슨 상관이겠소!
그래도 내 사랑인 것을?

단골 메뉴

생명 다할 때 흘러내리는
보기 흉한 눈송이
이래 뵈도
시를 쓰는 시인들의
작품 소재로
자주 등장하곤 했던
단골 메뉴라구요?

구_____름
위_____에
걸 터 앉 아

이별의 슬픔, 그리고 유년의 기억과
일상 속에서 발견하는 풍자

양왕용
(한국현대시인협회 이사장, 부산대 명예교수)

이별의 슬픔, 그리고 유년의 기억과
일상 속에서 발견하는 풍자

양 왕 용
(한국현대시인협회 이사장, 부산대 명예교수)

지난해 데뷔한 최진국 시인이 그 동안 모아둔 작품으로 시집을 내겠다면서 원고를 보내왔다. 최 시인의 작품은 짧은 것이 특색이다. 그러면서 비유를 바탕으로 한 이미지 전개보다 언어유희(Pun)를 동원한 기지에서 오는 신선함에서 감동을 받게 한다. 따라서 시적 제재가 유년기의 추억일 때에는 유머를 동반한 미소를 머금게 하고 현실일 때에는 풍자에서 오는 통쾌함을 느끼게 한다. 최 시인의 이러한 경향은 시가 대중들로부터 외면당하고 있는 이 시대에는 오히려 독자를 획득할 수 있는 방법이 아닐까 하는 생각을 하게 된다. 달리 말하면 시가 의식의 흐름에 의한 시인들의 내면세계를 형상화하는 경향으로 인하여 독자들이 읽기 힘들어 하는 현실의 타개책이 될 수 있을 것 같다.

(가) 반송 날인 표시
    선명하게 찍힌
    눈물로 썼던 편지

되돌아 왔네요

자세히 보니

눈물이 아직까지 마르지 않았어요?

둘 곳 없는 내 마음의 그리움

눈물이 다 마를 때까지

반송된 편지 속에

함께 놔둡니다.

— 「그리움 1」 전문

(나) 찬바람이 불면

온몸이 시린 것이 아니라

사그라들지 않았던 그리움이

텅 빈 가슴을

더욱 쓰라리게 하네

— 「그리움 9」 전문

　1부에 편집된 「그리움」 연작시 14편 가운데 두 편을 골랐다. 최 시인의 작품 가운데는 이러한 '사랑과 이별'에 대한 시편들이 여럿 있다. 이러한 시편들로만 엮어진 〈사랑시집〉을 엮어보는 것도 독자를 획득하는 하나의 방법이 될 수 있을 것 같다. 그리고 「그리움」 연작시는 앞에서 말한 짧은 시이면서 그의 언어에 대한 재치가 돋보이는 작품이다.

　(가) 「그리움」은 실연의 아픔을 반송된 편지를 제재로 하여 간절하게 표현한 작품이다. 눈물까지 흘린 실연의 아픔이 얼마나 오랫동안 상처로 남는다는 사실을 반송된 편지라는 객관적 상

관물로 표현하였다는 점에서 시적 성공을 어느 정도 거둔 작품이라고 볼 수 있다. (나) 「그리움 9」는 찬바람이 불어 온몸이 시린 자연현상에 그리움이 첨가되면 그 시린 것이 배가된다고 보아 이별의 아픔을 노래한 것이다.

한낮의 중년 부인
대청마루에 반쯤 걸터앉아
갓난아기 젖 물리며
쏟아지는 졸음과
아름다운 연애한다

넓은 뒷간 밖의 암탉
대여섯 개 알 품고
따스한 햇볕 받으며
쏟아지는 졸음과
사투 벌인다.

— 「나른한 오후」 전문

제2부에 편집된 「나른한 오후」는 요즈음의 풍경이 아니다. 아마 최 시인의 유년 시절에 본 풍경을 시 속으로 소환한 것이 아닌가 하는 생각이 든다. 첫 연은 중년 여인이 대청마루에서 갓난아기에게 젖 물린 채 조는 장면이고 둘째 연은 넓은 뒷간 밖에서 닭이 알을 품고 조는 장면이다. 이 두 장면이 한 공간 그것도 시골의 대가집 대청마루의 열린공간과 보이지 않는 뒷간 밖에 있는 닭장에서 병아리를 만들기 위해 알을 품은 채 졸고

있는 암탉이 대조적으로 등장하고 있다. 이 이질적인 두 장면은 새롭게 탄생한 혹은 탄생할 생명에 대한 사랑 즉 모성애를 보여주고 있는 점에서 공통점을 가지고 있다.

이 작품에서 언어유희의 경지는 아니지만 '연애'라는 시어와 '사투'라는 시어로 인하여 독자들은 따뜻한 사랑을 발견할 수 있을 것이다.

> 온 동네 고층 아파트
> 안개구름으로 단지 숲 이룬다
> 구름 위 걸터앉아
> 한 잔의 원두커피 내린다
> 의사인 양 하얀 가운 걸친 안개구름
> 빼꼼 열린 아파트 베란다 창문 사이로
> 슬며시 X레이 투시하듯 들어와
> 내 앞에 안긴다
> 부웅 뜬 기분이 야릇하다
> 안개구름 숲으로 된 온 동네 아파트
> 아직도 깊은 잠에 취해 있다
>
> ―「구름 위에 걸터앉아」 전문

제3부에 편집된 「구름 위에 걸터앉아」는 최 시인의 데뷔작이기도 하고 이 시집의 표제작이다. 그만큼 그의 현실에 대한 태도와 그것을 표출하는 방식을 잘 보여주고 있다. 부산의 해운대 바닷가에 있는 고층 아파트의 경우 구름이 중간에 걸리기도 하고 안개로 인하여 그 모습이 잘 보이지 않는 경우가 허다하

다. 사실 이러한 현상은 사람들이 살기에 쾌적한 현상은 아니다. 심지어 호흡기 환자들의 경우 습도과다로 인하여 건강에 지장을 받기도 한다. 어떤 학자들은 이렇게 바다에 안개가 잦은 것은 기후변화 즉, 바닷물 온도의 상승과 해수면 상승에서 오는 생태위기로까지 확대해석하기도 한다.

최 시인의 경우 표면적으로는 그러한 위기의식에서 초연한 태도를 취하는 것처럼 보인다. 말하자면 사물에 대한 여유를 가지고 있다. 그러나 이 작품을 정독하여보면 결코 이러한 자연현상에 대하여 무심한 것 같지는 않다. '부웅 뜬 기분이 야릇하다'는 부분이 그러한 현상에 신경을 쓴다는 점을 암시하고 있다. 아파트 안으로 구름이나 안개가 들어오는 것에 무심한 사람들은 없을 것이다. 그런데 정작 아파트 주민들은 무심하여 마지막 행처럼 아직도 깊은 잠에 취해 있는 것이다. 크게 흥분하지 않고 기후변화를 걱정하는 것이 바로 최 시인의 자연현상이나 일상생활에서 발견되는 모순을 비판하는 태도이다.

(가) 인생은 연극이라던데

　　한 번도 주인공

　　못해 보았는데?

– 「연극 인생」 전문

(나) 누구의 눈치도 보지않고

　　당당하게 담배를 피우고 있는 학생에게

　　학생, 넌 아비 어미도 없나?

　　고래고래 소리 지르며 다그치는 노인

예, 없어요!

둘 다 죽은 지 오래 됐어요!

학생이 퉁명스럽게 대답했다.

- 「눈치 없는 학생」 전문

(다) 강원도 동강 나루터

　친구와 래프팅 즐기다

　작은 실수로 보트가 전복되고 말았다

　전복된 책임 서로 서로 전가하다

　이십 년 우정 단번에 동강나고 말았다

　그 후 다시 우정을 이어갔지만

　예전 같지 않으니?

- 「깨어진 우정」 전문

이 세 작품은 4, 5, 6부에서 그 경향을 대표하여 뽑은 작품이다. 이 작품 모두 언어유희 성격이 짙은 특성을 가지고 있다. (가)「연극 인생」의 경우 '인생은 연극이다'라는 격언을 시적 제재로 삼았다. 연극이라면 주인공이 있을 것인데 시적화자는 한번도 주인공을 못해 보았다는 진술로 소외자의 비애를 형상화하고 있다.

(나)「눈치 없는 학생」의 경우 요즈음 길 거리에서 자주 볼 수 있는 청소년의 흡연문제를 고발한 작품이다. 사실 요즈음 흡연하는 청소년을 훈계하다가는 봉변을 당할 수도 있기 때문에 이렇게 고래고래 소리 질러 훈계하는 풍경은 사라진지 오래다. 그러나 최 시인의 경우 개탄스럽게 보고 있기 때문에 이러한

작품을 창작하였다고 볼 수 있다.

"아비, 어미도 없나?"라고 꾸짖는 어른에게 고아인 학생이 "예 없어요!"라고 응수하고 "둘 다 죽은 지 오래 됐어요!"라는 학생의 반응이 바로 언어유희라고 볼 수 있다. 그리고 '둘 다 죽은 지 오래 됐어요!'라는 퉁명스럽게 대답하는 것에서 학생이 고아로서의 불만과 막 돼먹은 삶의 자세를 적절하게 표현하고 있다. 이렇게 현실을 풍자하는 경향의 작품에서 최 시인의 개성이 드러난다.

(다)의 경우, 동강에서 친구끼리 레프팅하다가 보트 전복 사고의 책임문제로 다투다가 우정이 동강났다고 진술함으로써 언어유희의 극치를 이루고 있다. '동강'이라는 동음이의어의 효과를 살리고 있는 점에서 그렇다는 것이다.

최 시인의 다음 시집에서 이별의 슬픔과 유년시절의 추억과 현실 풍자가 더욱 견고한 이미지로 나타날 것을 기대하는 바이다. 그리고 그의 짧은 시편 역시 더욱 독자들에게 감동을 주기를 기대한다.